STEELORSE

ROCK et STEEL

LA MENACE BLAST

W0200541

SCÉNARIO : PATRICK MARLEAU
ILLUSTRATIONS : MATHIEU BENOIT

LES ÉDITIONS DE L'HOMME

ICI STEELORSE !

COMME VOUS LE VOYEZ, IL ME MANQUE UN PETIT BOUT DE DOIGT.

NON, NON, C'EST PAS UN GAG.

ON ME DEMANDE SOUVENT COMMENT JE L'AI PERDU. A-T-IL ÉTÉ PULVÉRISÉ PAR UN LASER ? MORDU PAR UN PITBULL ? SACRIFIÉ AUPRÈS D'UNE TRIBU D'INDIGÈNES CANNIBALES ?

VOUS TROUVEREZ DANS CET ALBUM UNE EXPLICATION POSSIBLE À MON SECRET AUSSI BIEN GARDÉ QUE LES ALGORITHMES DE FACEBOOK !

BONNE LECTURE !

STEELORSE.
NOTRE HÉROS.
LE GUERRIER MÉRITE SON REPOS.
IL VIENT DE SUBIR L'ÉPREUVE LA PLUS ÉPROUVANTE DE SA VIE...
IL Y A MÊME LAISSÉ UN BOUT DE DOIGT!
BIG BANG

TOUT A COMMENCÉ ICI.
BON. PAS EXACTEMENT LÀ.
PLUTÔT À L'INTÉRIEUR...
DÉFENSE D'ENTRER

ENCORE RATÉ?
JE PENSAIS CES SUJETS PROMETTEURS, MAIS...
IL ME FAUT JUSTE ENCORE UN PEU PLUS DE TEMPS.
LE TEMPS EST UN LUXE DONT NOUS NE DISPOSONS PAS.
NOUS SOMMES SI PRÈS DU BUT.
J'ESPÈRE POUR VOUS, HEINEKEN.
LA LIVRAISON DOIT AVOIR LIEU DANS TROIS MOIS.
MON COMMANDITAIRE EST IMPATIENT DE VOIR LES RÉSULTATS.

BDEEP
BDEEP
TOUJOURS STEELORSE.
BDEEP
BDEEP
PAS ENCORE ATTEINT LE STATUT DE HÉROS.
BDEEP
BDEEP
BDEEP
LE REPOS DU FUTUR GUERRIER EST INTERROMPU.
BDEEP

DVIIIIIIIIIIIIIIIIIIIIIIIIIIIII
T'AS BIENTÔT FINI?
IIIIIIIIIIIIIIIIIIIIIIIIIIIII

OH! ÇA VA! FAIS PAS CETTE TÊTE!
TU POURRAIS PAS TE LEVER PLUS TARD POUR UNE FOIS?
JACKSON DEVRAIT SE POINTER SOUS PEU.
ALLEZ! IL EST TEMPS DE SE METTRE AU BOULOT.
IL FAUT BOSSER POUR EN AVOIR UNE VRAIE UN JOUR...

DING DONG
ROCK?
TU Y VAS?
JE SUIS UN PEU OCCUPÉ, LÀ...
YO!
ROCKY!

BRAVO POUR TON LIVRE, ROCK!
TES RECETTES DE SMOOTHIES VONT FAIRE UN MALHEUR!
S'IL TE PLAÎT, JACKSON, NE FAIS PAS GONFLER ENCORE PLUS SA TÊTE.
DÉJÀ QU'IL DOIT PASSER À LA TÉLÉ DEMAIN MATIN...
VRAI?
DIS DONC, VIEUX, RIEN NE T'ARRÊTE!

Iiiiiiih!
NON?!
SAMANTHA RENARD EST ÉGALEMENT UNE INVITÉE?
OUAIP.
MON EX.
TU COMPTES Y ALLER?
MÊME SI...
... ELLE M'A LARGUÉ ET QUE LA PLAIE N'EST PAS ENCORE CICATRISÉE?
BIG
ÇA FAIT TOUT DE MÊME UN AN...

J'Y VAIS POUR ROCK!
BIG BANG
QUOI?
TU PENSES QUE JE NE SUPPORTERAI PAS DE LA VOIR?
ÇA FAIT LONGTEMPS ET JE NE PLEURE PLUS EN M'ENDORMANT!
BON, ON LE CONTINUE, CE JEU?
LE GAME DEVELOPERS FEST EST BIENTÔT.

J'AI TROUVÉ LE BUT DE LA QUÊTE: LA RECHERCHE D'UN LAMA SACRÉ!
AHHH...
QU'EN PENSES-TU?
Iiiiiiih!
C'EST ÇA, T'ES TOUJOURS DE SON BORD.
TU DEVRAIS ALLER VIVRE AVEC LUI!

PENDANT CE TEMPS...
INUTILE DE VOUS RAPPELER LES DOMMAGES...
BLAST

... QUE PEUVENT VOUS INFLIGER MES INFORMATICIENS EN CAS D'ÉCHEC DE VOTRE PART, MONSIEUR P.

RASSUREZ-VOUS, GOM BAL-OUNE, MES EXPERTS TRAVAILLENT SANS RELÂCHE AFIN DE REMPLIR LES CONDITIONS DU CONTRAT.
HUM. J'ESPÈRE BIEN. AU PRIX QUE JE VOUS AI PAYÉ!
QUEL IMBÉCILE...
PERSONNE NE ME MENACE DE LA SORTE! RIEN NE POURRA ME FREINER!

APRÈS LA PAUSE, ON REÇOIT UN INVITÉ TRÈS SPÉCIAL...
YÉ BEN D'BONHEUR
... AVEC QUI ON VA DÉGUSTER UN SMOOTHIE HORS DE L'ORDINAIRE!
TOC TOC
ÇA VA ÊTRE À VOUS...

PFFF...
PUS CAPABLE DE FAIRE ÇA, À CETTE HEURE-LÀ!
Y'É BEN TROP TÔT!
ROCK?
MARIO MÉNARD. ENCHANTÉ!
ALORS?
PREMIÈRE FOIS À LA TÉLÉ?
Iiiiiiih!
TU VAS VOIR, Y'A RIEN LÀ! SOIS NATUREL.
JE SUIS CERTAIN QUE TU VAS DONNER UN BON SHOW!

LE POPULAIRE YOUTUBEUR ROCK EST AVEC NOUS EN STUDIO.
IL VIENT DE SORTIR UN MAGNIFIQUE LIVRE DE RECETTES DE SMOOTHIES.
ROCK SMOOTH
ROCK?
TU NOUS PRÉPARES UN SAVOUREUX SMOOTHIE À BASE DE KALE ET DE CORIANDRE, NON?
... 2 CAROTTES, 1 TRANCHE D'ANANAS, DU MIEL...

HÉ.
HÉ.
STEEL...
JE SUIS...
JE SAIS...
JE N'AI JAMAIS ...
ÇA VA...
C'ÉTAIT RIEN DE...
OUAIS, OUAIS...
TU VAS...
C'EST COOL...

ET ON TERMINE LE TOUT AVEC DU CIDRE DE POMME!
APRÈS LA PAUSE, SOPHIE S'ENTRETIENT AVEC LA NOUVELLE ÉGÉRIE DE LA BOISSON BIG BANG, LA CHANTEUSE...
SAMANTHA RENARD!
MAIS AVANT, GOÛTE-NOUS ÇA, SOPHIE!
BON LANCEMENT, ROCK!
ON PEUT TROUVER TON LIVRE PARTOUT EN LIBRAIRIE ET ON PEUT TE SUIVRE ÉGALEMENT SUR TA CHAÎNE YOUTUBE!
COMMENT VAS-TU?
TU SAIS QUE TU ME MANQUES?
SAMMY? TON DISQUE... IL EST SUPER. BRAVO.

CE CHEVAL!
IL ME LE FAUT!
SIRI?
CONTACTEZ JEAN-MICHEL.
OUI, MONSIEUR?
J'AI BESOIN DE TOI! TOUT DE SUITE!

JE CROIS QUE J'AI TROUVÉ LA SOLUTION À NOS PROBLÈMES.
JE VEUX TOUT SAVOIR SUR CE CHEVAL YOUTUBEUR, ROCK.
JE FAIS PRÉPARER UN DOSSIER IMMÉDIATEMENT.
RENSEIGNE-TOI OÙ SE TIENDRA SON LANCEMENT DE LIVRE.
JE VEUX QU'ON L'AMÈNE À HEINEKEN, PEU IMPORTE LES MOYENS.
JE SUIS CLAIR?
OUI, PAPA.
OUI, M'SIEUR!

INCONSCIENT DE CETTE MENACE FANTÔME QUI LE GUETTE...
STUDIO YOGA LOTUS DORÉ
Jerry's
Bob

... NOTRE HÉROS FAIT FACE POUR L'INSTANT À D'AUTRES DÉFIS DE TAILLE.
ON RELÂCHE ET ON RESPIRE.

C'EST ÇA, MON BEAU. COURBE UN PEU PLUS.
IL N'Y PARVIENDRA PAS. NIVEAU DE SOUPLESSE: PLUTÔT DÉFICIENT.
PARFAIT.
COMME TOUJOURS.
MAINTENANT, ON ENCHAÎNE AVEC...

CHIEN TÊTE EN BAS.
ARBRE.
SINGE.
LION.
BANANE.
PARAPLUIE.
TUBA.
POMME DE TERRE.
Z
BOL DE TOILETTE.

QUE LA PAIX SOIT AVEC VOUS. PRENEZ LE SOIN D'AGIR, D'ÊTRE ENTIERS DANS LE MOMENT PRÉSENT.
ON SE REVOIT JEUDI PROCHAIN.

ÇA VA, MON BEAU?
T'AS CHAUD?
C'EST À CAUSE DE MON CHI QUI EST ACTIVÉ.
C'EST BIEN, ÇA.

JE RESSENS BEAUCOUP PLUS DE SOUPLESSE AU NIVEAU DE L'ENTREJAMBE!
EUH...
J'AI RIEN COMPRIS.
JE DISAIS QUE JE...
RESSENS BEAUCOUP...
PLUS DE SOUPLESSE AU NIVEAU DE...
L'ENTREJAMBE...

À L'AINE! JE VOULAIS DIRE À L'AINE!
RHAAA!
Iiiiiiih!
JE SAIS, JE SAIS! PAS BESOIN D'EN RAJOUTER.
JE SUIS UN IMBÉCILE!
J'PEUX MÊME PAS DEMANDER UNE «DATE» À UNE FILLE.
T'AS FINI DE TE PLAINDRE?

TU SAIS QUE CE POISON VA TE TUER, P'TIT FRÈRE?
ON FINIT TOUS PAR CREVER, MARIE-PIER.
BIG BANG
T'AS VU SA DERNIÈRE PUB DÉBILE?
NON.
IL LES A TOUTES TÉLÉCHARGÉES.
TIENS!

LA NOUVELLE FORMULE BIG BANG...
... ELLE DONNE LE GOÛT DE DANSER!
C'EST SI BON QUE JE NE PEUX M'EN PASSER!
BIG BANG
JE L'UTILISE ÉGALEMENT DANS MES CÉRÉALES ET COMME GEL DE DOUCHE!
BIG BANG!
LA BOISSON QUI FAIT EXPLOSER TES NEURONES!

J'CONNAIS PAS TA NOUVELLE FLAMME, MAIS, FRÉROT, T'ES PAS DOUÉ AVEC LE SEXE OPPOSÉ!
TU LES CHOISIS MAL!
M'MAN ET P'PA LES ONT JAMAIS VRAIMENT BLAIRÉES, TES COPINES.
À PART UNE... NOÉMIE, NON?
ELLE ÉTAIT BIEN.
TU L'AURAIS AIMÉE, ROCK! ELLE ADORAIT LES ANIMAUX.
SI JE ME SOUVIENS BIEN, ELLE VOULAIT DEVENIR VÉTÉRINAIRE, NON?
C'ÉTAIT EN 1RE SECONDAIRE!

T'ES MALADE OU QUOI?
Iiiiiiih!
À TON LANCEMENT?
LAURIANE N'ACCEPTERA JAMAIS.
TU DEVRAIS FAIRE COMME DANS TA GUERRE DES ASTRES, LÀ...
C'EST PAS LA GUERRE DES...
... CE QUE TU DIS, LE GNOME VERT... YODEL?

VRAIMENT PAS...
FAIS-LE OU NON, MAIS MONTRE QUE T'AS DES COUILLES, ANDOUILLE!
JE TE FAIS REMARQUER QUE T'ES PAS UN MODÈLE NON PLUS...
Iiiiiih!
Lauriane
Allô! RDV pour lancement de R. Vendredi soir 19 h?
MERDE. ELLE A ACCEPTÉ.
DÉJÀ? TU PEUX PAS TE RETENIR UN PEU?

TU SAIS QUE JE T'ADMIRE.
TU ES LE PLUS REDOUTABLE DE TOUS!
RIEN NE TE FAIT FLÉCHIR.
TU ES RIGIDE COMME...
M'SIEUR?
J'AVAIS DONNÉ COMME CONSIGNE DE TOUJOURS FRAPPER AVANT D'ENTRER!
EXCUSEZ-MOI...
MAIS J'AI UNE INFO D'UNE IMPORTANCE CAPITALE À...
OUI?

NOUS CONNAISSONS LE LIEU DU LANCEMENT.
IL S'AGIT DE L'HIPPODROME LA VOIE LACTÉE.
J'IMAGINE QU'EN TANT QUE COMMANDITAIRE DES LIEUX, NOUS POURRONS Y ASSISTER?
TOUT EST EN PLACE POUR L'OPÉRATION SABOTS EN L'AIR.
BRAVO, MON GARÇON!
MAIS UNE CHOSE...
ARRÊTE-MOI CES FOUTUS NOMS DE CODE!
JEAN-MICHEL?
OUI, M'SIEUR?
J'AIMERAIS TERMINER EN PAIX.

MERCI D'ÊTRE PARMI NOUS!
J'ESPÈRE QUE VOUS PROFITEZ DES PETITS GUEULETONS PRÉPARÉS PAR SUSHI MI-YA-GUI...
HIPPODROME La Voie Lactée

JE SUIS VOTRE HÔTE, ANTOINE-EMMANUEL BIBAULT-L'ESPÉRANCE, ET C'EST UN GRAND HONNEUR POUR NOUS QUE DE PUBLIER ROCK, LA CÉLÈBRE VEDETTE DE YOUTUBE SUIVIE PAR PRÈS D'UN MILLION D'ABONNÉS DANS LE MONDE!
N'OUBLIEZ PAS ÉGALEMENT D'ALLER FAIRE UN PETIT TOUR À NOTRE BAR À SMOOTHIES.
VOUS Y TROUVEREZ UNE SUCCULENTE SÉLECTION TIRÉE DE NOTRE LIVRE!
MA RECETTE PRÉFÉRÉE:
AVOINE-BROCOLI-MANGUE-POIS CHIIIIICHES!

UN VRAI RÉGAL!
INCROYABLE!
TOUT CE MONDE JUSTE POUR LUI!
TU DOIS ÊTRE SI FIER!
TU PARLES!
Y'A RIEN LÀ, FAIRE DES RECETTES DE JUS.
ROCK
SMOOTH
ROCK
TU SERAIS PAS UN PEU JALOUX, FRÉROT?
AU MOINS, IL A ACCOMPLI QUELQUE CHOSE, LUI.
PFFF...

T'ES PAS SUPPOSÉE ALLER LE FILMER DE PLUS PRÈS?
CHILL, STEEL!
T'ES PAS COOL AVEC LA PETITE.
ELLE M'ÉNERVE AVEC SES ROCK-CI, ROCK-ÇA...
TU DOIS QUAND MÊME AVOUER QUE ZIYI FAIT DU BEAU BOULOT POUR SES RÉSEAUX SOCIAUX.
ROCK
SMOOTH
ROC

SI TU N'AVAIS PAS LAISSÉ SAMANTHA, TU NE SERAIS PAS SI MAL EN POINT.
C'EST ELLE QUI M'A LARGUÉ POUR UNE AGENCE...
... ET SON AGENT.
OÙ VAS-TU?
AU BAR.
JE VAIS ME LAISSER TENTER PAR LE KIWI-COUSCOUS-NAVET-PERSIL!
T'AVAIS PAS UNE «DATE» CE SOIR?
ELLE A DÛ ANNULER. UN IMPRÉVU.
JE DOIS PRENDRE DE L'AIR.

SLUUURRRPPP.
ALORS, VOICI CE FAMEUX SPÉCIMEN CHEVALIN.
ROCK
RAPPORT DE SITUATION?
LE MÉLANGE GUACAMOLE-PAMPLEMOUSSE EST PLUTÔT RÉUSSI...
PAS LE JUS, CRÉTIN! ***LE PLAN!***
AH.
TOUT EST EN PLACE.
JE DONNE LE FEU VERT?
AFFIRMATIF.

ROCK
MERCI DE PRENDRE VOTRE TEMPS POUR CETTE DEMANDE SPÉCIALE.
LA RENCONTRE DE ROCK AVEC LE CHAMPION DE COURSE FERA UN BON VLOG, MONSIEUR GINGRAS.
GUS, JE T'EN PRIE.
ONCLE BUCK EST TOUT UN PHÉNOMÈNE!
IL A DÉJÀ REMPORTÉ TROIS COURSES CETTE SAISON!

?
... D'ACCORD.
NON.
J'ARRIVE.
DÉSOLÉ.
J'AI UNE URGENCE. JE DOIS VOUS LAISSER.
VOUS TROUVEREZ LE RESPONSABLE DE L'ÉCURIE, CHUCK, AU FOND.

YOUHOU? Y'A QUELQU'UN?
ON PEUT VOUS AIDER?
EUH...
ON VENAIT VOIR ONCLE BUCK...?
CHANGEMENT DE PLAN.
OK...
ZAP

QU'EST-CE QUI SE PASSE?
FICHE LE CAMP, MINUS.
C'EST À MON POTE QUE VOUS VOUS EN PRENEZ?

NOTE DE L'ÉDITEUR: INDIANA JONES EST UNE MARQUE DÉPOSÉE ET UNE ŒUVRE DE FICTION. LES CASCADES SONT EXÉCUTÉES PAR DES PROFESSIONNELS. À NE PAS IMITER À LA MAISON.

ZAP
ROCK...

ALORS, LES GARÇONS?
ON VEUT JOUER?
PAF
POW
BAF
CRUNCH
BING
PIF
BANG
NOTE DE L'ÉDITEUR: EN RAISON D'UN BUDGET RESTREINT, CETTE SÉQUENCE N'A PAS ÉTÉ ILLUSTRÉE.

ÇA VA?
... ROCK?
IL A ÉTÉ ÉBRANLÉ, MAIS HEUREUSEMENT, TOUT VA BIEN.
LES RAVISSEURS?

IL N'Y AVAIT PLUS PERSONNE QUAND NOUS SOMMES ARRIVÉS SUR LES LIEUX.
QUE S'EST-IL PASSÉ?
IL SEMBLERAIT QUE QUELQU'UN VOULAIT S'EN PRENDRE À TON COLOC.
LES SALOPARDS!
UNE SERVEUSE NOUS A PRÉVENUS DE CE QUI SE DÉROULAIT.

CONTENT DE VOIR QUE LEUR PLAN A FOIRÉ, VIEUX FRÈRE.
MAIS QUI VOUDRAIT S'EN PRENDRE À ROCKY?
DES ENFOIRÉS!!!
LA SERVEUSE? OÙ EST-ELLE?
DISPARUE...
J'PENSE PAS QUE C'EST UN BON TEMPS POUR LA «CRUISER»...

Jerry's
Bob
STUDIO YOGA
LOTUS DORÉ

VOTRE RAPPORT, AGENTE 13?

VOTRE INFORMATEUR AVAIT RAISON.
QUELQU'UN CHERCHAIT À L'ENLEVER.
DES SUSPECTS?
NON. PAS MOYEN DE LES IDENTIFIER. LEURS EMPREINTES N'ÉTAIENT PAS FICHÉES.
ALLONS-Y POUR LA MISE EN PLACE DU PROTOCOLE COLUMBO.
BIEN REÇU.
J'ESPÈRE QUE VOS SENTIMENTS SONT CLAIRS EN CE QUI CONCERNE CETTE MISSION?
TOUT À FAIT.

STEEL

... NOUS DONNE SON AVIS TANT ATTENDU SUR AVENGERS 13: *LA VENGEANCE DE THANOS.*
PIZZ LaRUSSO
PIZZ LaRUSSO
PIZZ LaRUSSO
PIZZ LaRUSSO
BIG BANG

Iiiiiiih!
PIZZ LARUSSO
PIZZ LARUSSO
PIZZ LARUSSO
PIZZ LARUSSO
OUI, IL RESTE DE LA VÉGÉ.
Iiiiiiih!
TU ME CASSES LES COUILLES AVEC TON FROMAGE DE SOJA.
TU LA PRENDS OU PAS?

QUE COMPTES-TU FAIRE, MAINTENANT?
RIEN, MIS À PART GARDER UN PROFIL BAS.
BIG BAN
JE VAIS T'INSTALLER DES CAMÉRAS ET UN SYSTÈME DE SÉCURITÉ.
BIG BA

C'ÉTAIT QUI?
LAURIANE.
ELLE M'INVITE POUR UNE SORTIE.
FAIS GAFFE À TOI, STEEL.
J'AI L'IMPRESSION QUE CEUX QUI SONT DERRIÈRE CE COUP MONTÉ REVIENDRONT.

ALORS, KARINA, LE FURIEUX TITAN MAUVE EST DE RETOUR?
CLIC
AAAHHH.
UN LAGAVULIN ÂGÉ DE SEIZE ANS. UN PUR BONHEUR.
NOUS LES AVONS SOUS-ESTIMÉS.
SI CE N'ÉTAIT PAS DE L'INTERVENTION DE CETTE...
ON PASSE AU PLAN B.
IL NOUS FAUT CE CHEVAL, COÛTE QUE COÛTE.
VOUS ÊTES CERTAIN, M'SIEUR?
OUI.
CONTACTE BOB FETA.

HRRGH.
RHAAA.
HNNGH.
RRHHGGH.
GRRAAHH.
HNNGH.
Colis à ramasser.
Détails à venir.
Même somme?
BEEBOOP
BEEBOOP

INCROYABLE!
JE MANQUE TOUS MES COUPS!
POC

C'EST MOI QUI TE RENDS NERVEUX?
NON... NON...
OUI, C'EST ELLE.
C'EST LE TERRAIN. JE SUIS CERTAIN QU'IL N'EST PAS AU NIVEAU.
ME SEMBLE, OUI.
TU VOIS? ELLE A CLAIREMENT BIFURQUÉ!
YÉ!
UN AUTRE TROU D'UN COUP!
JE SUIS EN AVANCE DE CINQ COUPS!

JE TE JURE QUE PLUS JEUNE, J'ÉTAIS REDOUTABLE!
CE CHAMPION VA PERDRE SA CEINTURE.
HA HA HA! TRÈS DRÔLE.
EN VACANCES, ON JOUAIT TOUTE LA FAMILLE SUR TOUS LES TERRAINS QU'ON CROISAIT.
TU LES VOIS SOUVENT, TES PARENTS?

NON... ILS SONT DÉCÉDÉS IL Y A QUELQUES ANNÉES.
JE SUIS DÉSOLÉ.
ILS TE MANQUENT?
ÉNORMÉMENT.
J'AI UN FRÈRE AÎNÉ QUE JE NE VOIS PLUS.
ON S'EST PERDUS DE VUE APRÈS...
JE NE VOULAIS PAS...

ON NE PEUT RIEN CHANGER AU PASSÉ.
FAUT VIVRE AVEC.
EN TOUT CAS, MERCI D'AVOIR ACCEPTÉ CE RENDEZ-VOUS.
POUR VENIR AU MINI-GOLF?
N'IMPORTE QUAND!
JE M'EXCUSE D'AVOIR ANNULÉ NOTRE SORTIE, AU LANCEMENT DE ROCK...

BOF.
TU AS JUSTE MANQUÉ MON EXTRAORDINAIRE COMBAT CONTRE CES MALFRATS!
JE SUIS CERTAINE QU'ILS DEVAIENT TREMBLER DE TERREUR!
J'AI L'AIR DE RIEN, MAIS *ATTENTION!*
PAF!
OUAIS, JE VOIS QUE T'ES UN VRAI CHUCK NORRIS!

T'AS AUCUNE IDÉE DE QUI AURAIT PU EN VOULOIR À ROCK?
VRAIMENT PAS.
VOUS N'AVEZ PAS REÇU DE MENACES AUPARAVANT?
NON, RIEN.
JE ME RAPPELLE QUE C'ÉTAIENT DES TYPES IMPECCABLEMENT HABILLÉS, C'EST TOUT.

JE SUIS CONTENTE DE VOIR QUE TU T'EN ES BIEN TIRÉ.
T'EN FAIS PAS POUR MOI...
OUAIS!
JE SAVAIS QUE MA CHANCE FINIRAIT PAR REVENIR!
HÉ, TIGER! OUBLIE PAS QUE JE MÈNE TOUJOURS!

ARRÊTE DE T'INQUIÉTER.
QUE VEUX-TU QU'IL LUI ARRIVE?
AVEC LES CAMÉRAS INSTALLÉES, VOUS ÊTES EN SÉCURITÉ.
ÇA VA LUI FAIRE DU BIEN, CETTE SORTIE AVEC UNE FILLE.
IL EN AVAIT BIEN BESOIN, LE PAUVRE.
Iiiiiiih!

TERMINUS. C'EST ICI QUE J'HABITE.
AH.
EUH...
JE...
J'AI...
J'AI VRAIMENT APPRÉCIÉ...
LA...
MOI AUSSI. MAIS, C'ÉTAIT UNE SORTIE AMICALE, HEIN?
OUAIS, OUAIS.

MA VIE... EST ASSEZ COMPLIQUÉE.
OUAIS. JE COMPRENDS.
J'AI JUSTE PAS LE TEMPS POUR UNE RELATION.
MAIS LA FILLE QUI TOMBERA SUR TOI SERA TRÈS CHANCEUSE!
OUAIS.
HA HA HA!
ON SE VOIT AU PROCHAIN COURS?
BIEN SÛR.
OUAIS.
SOYEZ PRUDENTS, ROCK ET TOI!

ET PUIS?
J'VEUX PAS EN PARLER.
SI PIRE QUE ÇA?
VLA
MERDE. DU ADELE.
ÇA CRAINT VRAIMENT.

TU CROIS POUVOIR T'EN SORTIR SEUL, ROCKY?
JE DOIS ABSOLUMENT PARTIR.
BONNE CHANCE!
JE VEUX ÊTRE SEUL!
BOUM
BOUM

BOUM BOUM
NAPOLITAINE? MA PRÉFÉRÉE!
Iiiiiiih!
ZELDA?
D'ACCORD. TOI, TU SAIS COMMENT REMONTER UN MORAL.
QU'EST-CE QUE JE FERAIS SANS TOI, VIEUX FRÈRE?

C'EST SUR LE FOND D'UNE
BELLE BALLADE SENTIMENTALE
QUE NOS JOYEUX COMPAGNONS
REPRIRENT LEUR QUOTIDIEN.

PENDANT CE TEMPS, LES COMPLOTEURS... COMPLOTENT.
HUN.
HAN.
TOUT EST EN PLACE.
LE MANDRAGORE EST PRÊT!
QUI?
BEN... BOB!
C'ÉTAIT PAS LE MANLODARIEN?
HEU... LE FILET EST TENDU.

NE RESTE PLUS QU'À CAPTURER LA PROIE!
FOUTUS EXERCICES!
ILS VONT ME RENDRE MALADE.
EUH... J'PENSE PAS QUE VOTRE MÉDECIN APPROUVERAIT...
CLIC
BAH!
CE QU'IL NE SAIT PAS NE PEUT LUI FAIRE DE MAL!
HA HA HA HA!

NON, NON. ÇA MARCHE PAS.
IL FAUT QUE JUAN GAZEBO PUISSE SAUTER SUR LES ALLIGATORS POUR SE RENDRE AU LAMA.
RHAAA!
MAIS IL VA FALLOIR REPROGRAMMER TOUT LE TABLEAU!
PAS LE CHOIX. C'EST LE BUT DU JEU: RETROUVER LE LAMA PERDU!
BIG BANG
ON N'Y ARRIVERA PAS! ÇA FAIT DES MOIS QU'IL DEVRAIT ÊTRE TERMINÉ!
JACK? APPLE N'A PAS ÉTÉ INVENTÉ EN TROIS JOURS.
BIG BANG
BLAST
OUAIS, MAIS ON N'EST PAS STEVE JOBS!

BEEP
BOOP
VOUS ET ROCK ÊTES INVITÉS AU COLISÉE BLAST POUR LE CONCERT DE SAMANTHA RENARD QUI LANCE SA TOURNÉE MONDIALE.
«VOUS AUREZ ÉGALEMENT DROIT À UNE VISITE VIP DES LIEUX ET À UNE RENCONTRE AVEC LA POPULAIRE ARTISTE.»
J'SAIS PAS, MEC. ÇA SENT LE PIÈGE.
QUI SERAIT ASSEZ IDIOT POUR ESSAYER DE S'EN PRENDRE À NOUS DANS UN LIEU PUBLIC OÙ IL Y AURA PLUS DE 10 000 PERSONNES?

«JE NE DEVRAIS PAS T'AIMER... MAIS JE NE PEUX M'EN EMPÊCHER...»
DEMAIN, SAMANTHA.
TU NE SAURAS ME RÉSISTER!
SAMANTHA RENARD!
«ENVERS TOI JE SUIS SI ATTIRÉE. QUE JE VOUDRAIS TE TOUCHER...»
JE SERAI TON... TON HÉROS!
«NOTRE AMOUR N'EST PAS CONDAMNÉ. JE PEUX TE LE PROUVER...»
SAMANTHA!
TU SERAS À MOI! RIEN QU'À MOI!

COLISÉE BLAST
CONCERT DE SAMANTHA RENARD

QU'EST-CE QUE TU CONNAIS AUX FILLES?
Iiiiiiih!
NON.
LES FLEURS NE SONT PAS DE TROP.
ELLES AIMENT ÇA.
M. STEEL?
MADAME RENARD VOUS ATTEND DANS SA LOGE.
J'AI EU INSTRUCTION DE VOUS Y CONDUIRE.
ARRÊTE!
TU STRESSES POUR RIEN.

... ET JE TIENS À RÉITÉRER, AU NOM DE LA CORPORATION BLAST...
... QUE VOUS ÊTES...
EUH...
UNE ARTISTE...
... TOUT SIMPLEMENT DIVINE ET QUE...
...
... GULP...
HÉ, HÉ...
QUE... MERDE POUR CE SOIR!

MERCI. MERCI POUR CES BEAUX MOTS.
OUI... EUH... SI JAMAIS APRÈS...
OUF! QUEL CAS LOURD!
JE NE VEUX PLUS LE REVOIR!
IMBÉCILE. JE SUIS UN COMPLET IMBÉCILE.
MAIS PLUS POUR LONGTEMPS, MA BICHE.
STEEL?

QUE FAIS-TU ICI?
C'EST PAS TOI QUI...
HIIIHHHHH!
AAAÏÏÏEEE!
HUMMPFF!

STEEL!!!
NON!
EH... MERDE! L'ASCENSEUR!
OUI! OUI! JACKSON AVAIT RAISON! T'ES CONTENT?
À L'ESCALIER!

NON, NON, NON! CE N'ÉTAIT PAS ÇA, LE PLAN!
J'PEUX PAS CROIRE QU'ON VEUT S'EN PRENDRE À STEEL.
LÀ, LÀ. ILS SONT PARTIS.
TU COMPRENDS PAS, C'EST MON EX!
C'EST PAS LE TEMPS DE PANIQUER.
DING!

ROCK?
IL FAUT REGAGNER LA VOITURE.
CLANG!
PAR ICI!
OUF... ALLEZ! À LA...

... STEELMOBILE!
VRAOOM

15 $
KRAQUE

ILS NOUS ONT ÉCHAPPÉ. L'OISEAU N'EST PLUS DANS LE NID.
JE RÉPÈTE, L'OISEAU N'EST...
REÇU! ON S'EN OCCUPE.
CONDOR ET FAUCON? ON PART À LA CHASSE.

Iiiiiiih!
TRÈS DRÔLE. TU CROIS QUE C'EST VRAIMENT LE MOMENT DE PLAISANTER?
Iiiiiiih!
JE SAIS! JE LES VOIS!
ILS NE PEUVENT NOUS ÉCHAPPER, CHEF.
CONDOR? FAUCON? PRÊTS POUR L'ÉTAU?
BIEN REÇU.

CLIC
BANG

SCREEE
VROO

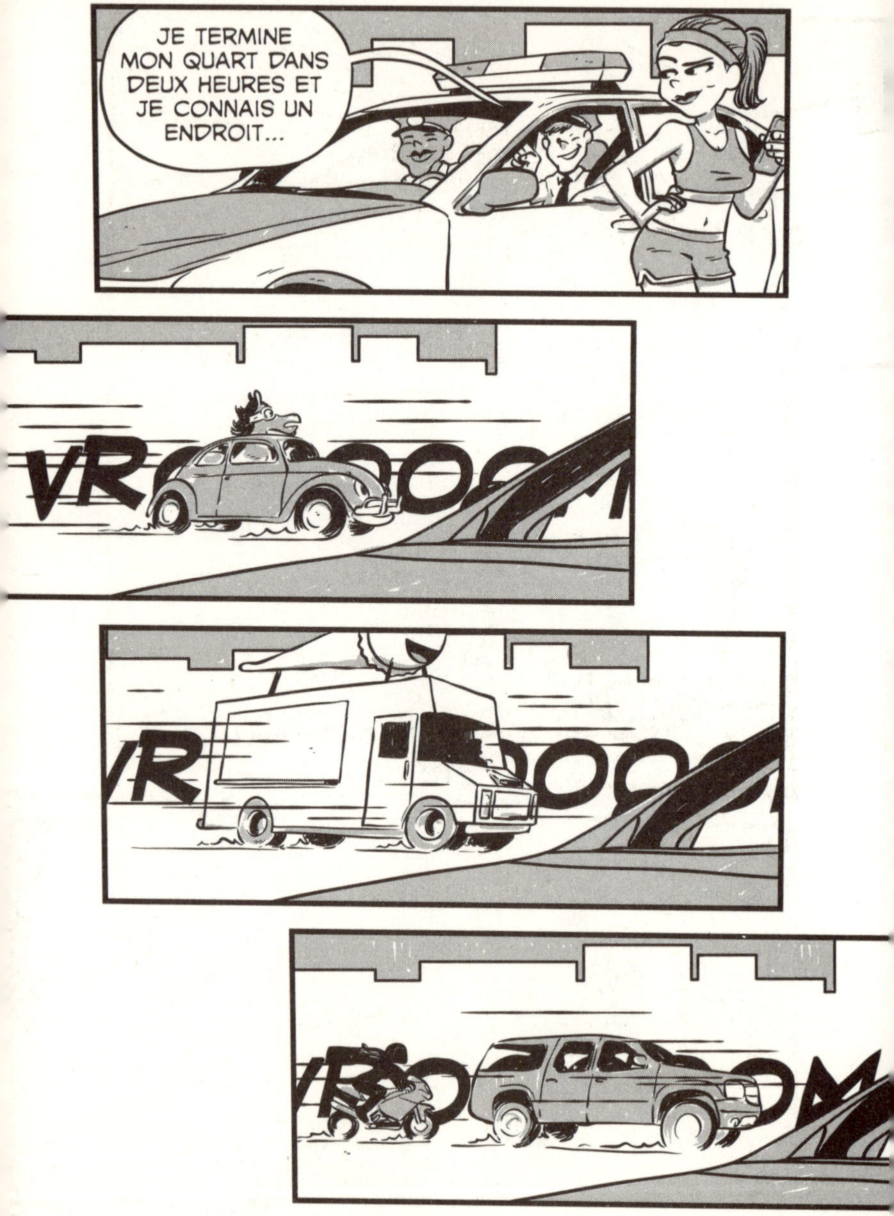
JE TERMINE MON QUART DANS DEUX HEURES ET JE CONNAIS UN ENDROIT…

VROOOOM
ATTENTION!
ICI VOITURE 36.
BESOIN DE RENFORTS.
MULTIPLES POURSUITES SUR LA 5E AVENUE.

TAKAKATAKATAKAT
ILS NOUS CANARDENT!

FAIS GAFFE! L'AUTOBUS!!!

BANG
CONDOR DOIT S'ENVOLER. NOUS NE SOMMES PLUS DE LA CHASSE. DÉSOLÉS.
BANDE D'INCAPABLES!
MERDE.
DWIP. DWOP. DWOOOUUUP. GAME OVER.

COLLE-TOI DESSUS.
HEU... QU'EST-CE QU'IL FAIT LÀ?
IL EST COMPLÈTEMENT *CINGLÉ!!!*

SCRASH
RRRRGGHHKK...
R... RO... ROCK!
NNGGHH...
FTUP
FTUP
FTUP
STEEL!
ROCK!

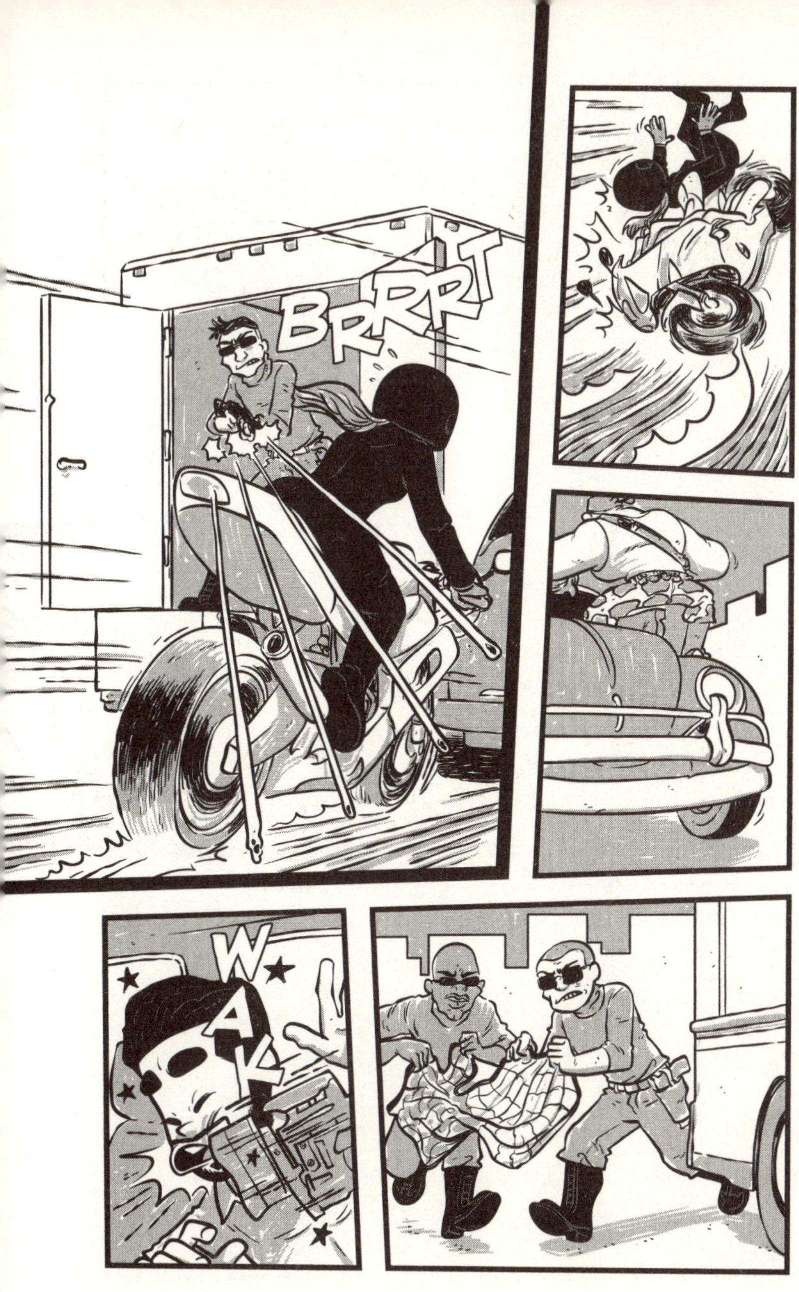
BRRRT
WAK

GROUILLEZ-VOUS!
AU CAMION!
ROCK...
NON...
POW
POW
POW

ROCK! JE VAIS TE RE...
COLIS PRÊT À LIVRER.
EXCELLENT. REMETTRE AU POINT FIXÉ.
COMPRIS. OVER.
IL SERA ENTRE NOS MAINS DANS L'HEURE, ENFIN!
JE SAIS QUE JE PEUX ME MONTRER DIFFICILE. JE SUIS EXIGEANT.
MAIS JE SUIS FIER DE TOI, FISTON.
JOLI TRAVAIL.
IL RESTE DE L'ESPOIR...
MERCI, M'SIEUR.

... SUR L'ENLÈVEMENT AUDACIEUX DE LA VEDETTE DES RÉSEAUX SOCIAUX...
... ET AUTEUR, ROCK. N'EST-CE PAS, KARINA?
EN EFFET, LES RAVISSEURS ONT KIDNAPPÉ LA VICTIME EN PLEIN CENTRE-VILLE.
DES VÉHICULES LEUR APPARTENANT ONT ÉTÉ RETROUVÉS, MAIS AUCUN SIGNE DES COMPLICES.
EN SAIT-ON PLUS SUR LES MOTIFS?
MALHEUREUSEMENT, LA POLICE DEMEURE DISCRÈTE SUR LE SUJET.
QUANT À SON COLOC, STEELORSE, UN TYPE SANS HISTOIRE, IL N'A PAS COMMENTÉ POUR L'INSTANT.
JE LE RAPPELLE, LE TOUT S'EST DÉROULÉ PRÈS DE L'HÔTEL LE GONDOLIER, UN BEL ENDROIT TRÈS DISCRET...
... POUR FINIR SES SOIRÉES EN BONNE COMPAGNIE.

ET VOUS ÊTES CERTAIN DE NE PAS AVOIR APERÇU LE VISAGE DE LA MOTOCYCLISTE?
DONU DUNK
POLICE
CERTAIN. ELLE N'A JAMAIS RELEVÉ SON CASQUE.
MAIS, CLAIREMENT, ELLE A SUIVI UN ENTRAÎNEMENT DE QUELQUE SORTE.
CURIEUX.
BON.
N'HÉSITEZ PAS À COMMUNIQUER AVEC NOUS SI D'AUTRES DÉTAILS VOUS REVIENNENT.
VOUS AVEZ DES PISTES?
NON. MAIS IL EST UN PEU TÔT À CE STADE-CI.
J'AIMERAIS BIEN VOUS ÊTRE PLUS UTILE, MAIS JE NE SAIS VRAIMENT PAS POURQUOI ON VOUDRAIT DU MAL À ROCK. AUCUNE IDÉE!

UN DÉTRAQUÉ? UN PERVERS? UN FÉTICHISTE?
ON EN VOIT DE TOUS LES GENRES, VOUS SAVEZ.
NE VOUS INQUIÉTEZ PAS.
ON S'EN OCCUPE.
INSPECTEUR?
ON A DU NOUVEAU!
OH! PAS SUR CE DOSSIER.
SUR CELUI DE LA NEUVIÈME DISPARITION DU CHAT DE Mme LANDRY.

FETA?
VOUS EN ÊTES CERTAINE?
AFFIRMATIF.
IL N'AURAIT DONC PAS PÉRI PENDANT LA MISSION AU CACHEMIRDISTAN.
INTÉRESSANT...
DU NOUVEAU DE LA PART DE VOTRE INFORMATEUR?
NON, MAIS ÇA NE DEVRAIT PAS TARDER.

QUOIQUE ÉNIGMATIQUES, SES INFORMATIONS SONT TOUJOURS VÉRIDIQUES.
VOUS CROYEZ QU'IL EST DE L'INTÉRIEUR?
ASSURÉMENT. QUELQU'UN QUI N'A PAS LA CONSCIENCE TRANQUILLE.
SOIGNEZ-VOUS BIEN. JE SENS QUE CETTE AFFAIRE EST LOIN D'ÊTRE TERMINÉE.
TENEZ-VOUS PRÊTE!

... C'EST POUR CES RAISONS QUE J'IMPLORE LE RESPONSABLE DE CET ENLÈVEMENT...
OK
... DE NE PAS FAIRE DE MAL À ROCK ET DE LE LIBÉRER.
STUPIDE... STUPIDE! STUPIDE! STUPIDE!
ROCK EST UN AMI. IL EST BON ET GENTIL.
PARDONNE-MOI, MON AMOUR! JE SUIS SI... SI...
VOUS AVEZ LE POUVOIR D'AGIR...

♪
SOIS FORT!
LA POLICE VA LE RETROUVER.
ON POURRA BIENTÔT PRENDRE DES SMOOTHIES TOUS LES TROIS ENSEMBLE.
XXX LAURI
T'AS VU LA VIDÉO DE SAMANTHA?
BIEN JOUÉ DE SA PART. SURTOUT, TRÈS GENTIL AUSSI.
POURQUOI T'INFLIGES-TU ÇA?
C'EST NOTRE FILM PRÉFÉRÉ.
TON «GOOSE» N'EST PAS MORT. ROCKY EST TOUJOURS VIVANT! J'EN SUIS CONVAINCU.

VRAIMENT, C'EST TOUT UN SPÉCIMEN!
TU PENSES Y ARRIVER?

IL RÉPOND BIEN AUX STIMULANTS PRIMAIRES.
C'EST BON SIGNE.
T'AVAIS RAISON. IL SEMBLE ÊTRE LE CANDIDAT PARFAIT.
JE L'ESPÈRE BIEN. LE TEMPS PRESSE.
NE T'INQUIÈTE PAS. UNE FOIS QUE NOUS AURONS JOUÉ DEDANS, IL NE RESTERA PLUS DE MYSTÈRE!

UNE INFO FINIRA BIEN PAR «POPPER» DANS MON RÉSEAU.
GAAAHHH...
SORS DE TA TORPEUR, MEC! T'ES...
TIENS, TIENS!
JE CROIS QU'ON A MORDU À L'HAMEÇON.
SI C'EST ENCORE UN POST QUI ME DIT DE REGARDER À LA BOUCHERIE...
NON, ÇA SEMBLE LÉGITIME.
EH MERDE!
?

ON ME POINTE VERS L'HIPPODROME!
LE LIEU DU LANCEMENT?
IL SEMBLERAIT QUE LE DG DÉTIENDRAIT QUELQUES INFOS.
ON NE PEUT PAS SE PRÉSENTER LÀ ET LUI DEMANDER. IL FAUT UNE STRATÉGIE!
T'AS RAISON. IL NOUS FAUT DE L'AIDE.
QUI?
NON, NON, NON. ES-TU FOU?
Y'A JUSTE ELLE D'ASSEZ FOLLE!

HIPPODROME
La Voie Lactée
JE VOUS LE DIS ENCORE...
ÇA NE MARCHERA PAS.
FRÉROT, FAIS-TOI DONC POUSSER UNE PAIRE DE COUILLES!
LÀ, C'EST COMME AU WATER-POLO.
FAUT GARDER NOTRE SANG-FROID, RESTER CONCENTRÉS ET AGIR EN ÉQUIPE.
MARIE-PIER EST UNE ANCIENNE ATHLÈTE MÉDAILLÉE OLYMPIQUE EN WATER-POLO.
SBAF
AUJOURD'HUI, ELLE EST LA STAR DU THUNDERWAVE, UNE ÉQUIPE PROFESSIONNELLE APPARTENANT À LA CORPORATION BLAST.

JE RESSENS À LA FOIS DE LA PEUR ET DU PLAISIR, COMME LORSQUE J'ALLAIS SUR LES GENOUX DU PÈRE NOËL.
DING!
PRÊTS? TOUT LE MONDE SE SOUVIENT DE SON NOM DE CODE?
RON?
RIDICULE.
OUI.

POURQUOI DOIS-JE OBLIGATOIREMENT ÊTRE CHO? C'EST DE LA DISCRIMINATION.
JE POURRAIS ÊTRE HERMIONE. GINNY À LA LIMITE.
C'EST *MON* PLAN.
HERMIONE?
...
HERMIONE?
OUI. TRÈS DRÔLE.
LE VOILÀ! EN POSITION ET TAISEZ-VOUS!

MONSIEUR GINGRAS?

VOUS ÊTES SÉRIEUX?

VOUS VOUS CROYEZ DANS UNE BÉDÉ?

L'ENLÈVEMENT DE ROCK? ON SAIT QUE VOUS CACHEZ QUELQUE CHOSE.
RIDICULE!
RON?
INTÉRESSANT CE QUE L'ON PEUT TROUVER DANS LES SOMBRES RECOINS DU WEB, NON?
C'EST DU... DU CHANTAGE!
TU CRACHES LE MORCEAU OU ÇA SE RETROUVE SUR LE NET!
HERMIONE?
DU CALME.

VOUS N'ÊTES QU'UNE BANDE DE MORVEUX!
DÈS QUE JE VOUS RETROUVERAI, MON AVOCAT SE FERA UN PLAISIR...
CELUI-CI?
JE...
JE...
BOOYA!
JE VOUS SUGGÈRE DE NOUS AVOUER CE QUE VOUS SAVEZ.
SI ÇA SORT, JE SUIS UN HOMME... MORT!
ALORS PARLEZ!
JE...
D'ACCORD.
D'ACCORD.
ÇA VIENT DE BLAST.

BLAST? COMME DANS LE FABRICANT DE BOISSONS?
OUI...
JE NE CONNAIS PAS QUI A KIDNAPPÉ LE CHEVAL ET LE RÔLE DE BLAST DANS TOUT ÇA.
TOUT CE QUE JE SAIS, C'EST QUE LA DIRECTIVE DE LE PIÉGER LORS DU LANCEMENT VENAIT DE QUELQU'UN DE L'ORGANISATION.
LES SALOPARDS!
HERMIONE!
FAIS GAFFE, CONNARD!
ELLE M'A COÛTÉ PLUS QUE TOUT CE QUE TU AS DÛ GAGNER DANS TA VIE!
POURQUOI AVOIR COOPÉRÉ?

ILS SONT DE GRANDS CONTRIBUTEURS.
JE NE VOUS CROYAIS PAS SI OBTEMPÉRANT.
ILS AVAIENT EU VENT DE MES...
CE N'EST PAS MA FAUTE.
IL N'EN VAUT PAS LA PEINE. FILONS.
ILS SONT SI MIGNONS! JE NE PEUX PAS LEUR RÉSISTER!
DES BÉBÉS DAUPHINS!
VOUS ME DÉGOÛTEZ!
ON SE CASSE!
TIENS BON, MON FRÈRE.
PROMIS QU'ON VA TE RETROUVER.

ATTENTION!
SOYEZ PRUDENTS AVEC LE SPÉCIMEN.
VOUS AVEZ FAILLI LUI TRANCHER LA TÊTE!
DÉSOLÉ, DIRECTEUR.
JE TÂCHERAI D'ÊTRE PLUS PRUDENT.
EST-CE NORMAL...?
CE N'EST RIEN, CE N'EST RIEN.
PAR HASARD, QUI VOUS A RECRUTÉ DANS L'ÉQUIPE?
MOI, DIRECTEUR.
IL S'AGIT DE MON COUSIN.
OUI...
BON...
CONTINUEZ LE TRAVAIL, MESSIEURS.

T'AVAIS RAISON POUR LA THX-1138. UNE VRAIE BOMBE!
L'ORIGNAL N'A RIEN VU VENIR!
ET LA GÂCHETTE, HEIN? SOUPLE COMME UN...
ON VERRA BIEN QUI RIRA LE DERNIER, PÈRE.

BON, J'AI RÉUSSI À ACCÉDER AU SERVEUR DE BLAST.
UN DOSSIER AFFICHE BEAUCOUP D'ACTIVITÉS VERS UN TERRAIN QUI SEMBLE ABANDONNÉ.
ON DIRAIT UNE VIEILLE RAFFINERIE.
EXACT. QUI EST LA PROPRIÉTÉ DE QUI?
BLAST?
OUAIP!
DOMMAGE QU'ON NE PUISSE PAS DÉFONCER LA PORTE ET ENTRER!
POURQUOI PAS?

PARCE QUE C'EST ILLÉGAL!
PARCE QU'ON NE SAIT MÊME PAS S'IL EST LÀ!
ON NE RISQUE PAS GRAND-CHOSE À ALLER VÉRIFIER...
EUH...
SEULEMENT NOS VIES, PEUT-ÊTRE?!
OH! NON! ALICE VIENT DE ME FAIRE PARVENIR CECI!
ROCK! LES SALAUDS!

IL FAUT LE SAUVER!
C'EST TROP DANGEREUX.
FAUT AVISER L'ENQUÊTEUR COUSINEAU.
LA POLICE A TOUJOURS D'AUTRES CHATS À FOUETTER!
... OUI, MME LANDRY.
RETROUVER VOTRE CHAT EST NOTRE PRIORITÉ.
QUAND SCOOBY-DOO EST DANS LE PÉTRIN, SA BANDE EST TOUJOURS PRÉSENTE POUR LUI VENIR EN AIDE.
TU FAIS TA MAUVIETTE?

PERSONNE NE ME TRAITE DE MAUVIETTE!
PAR CONTRE, JE SUIS LÉONARDO!
OUAIS!
UN POUR TOUS ET TOUS POUR UN!
EUH... ZIYI... TU TE TROMPES DANS TES CLASSIQUES...
JACK?
TU PEUX OBTENIR LES PLANS?
DÉJÀ FAIT, VIEUX! ET C'EST JOUABLE.
MESSAGE DE WINSTON Z.
MERCI POUR LES INFOS, ALICE. TON AIDE EST PLUS QUE PRÉCIEUSE.
LE COLIS A ÉTÉ LOCALISÉ.
PERMISSION D'ENCLENCHER L'OPÉRATION BAR À JUS?
AFFIRMATIF.

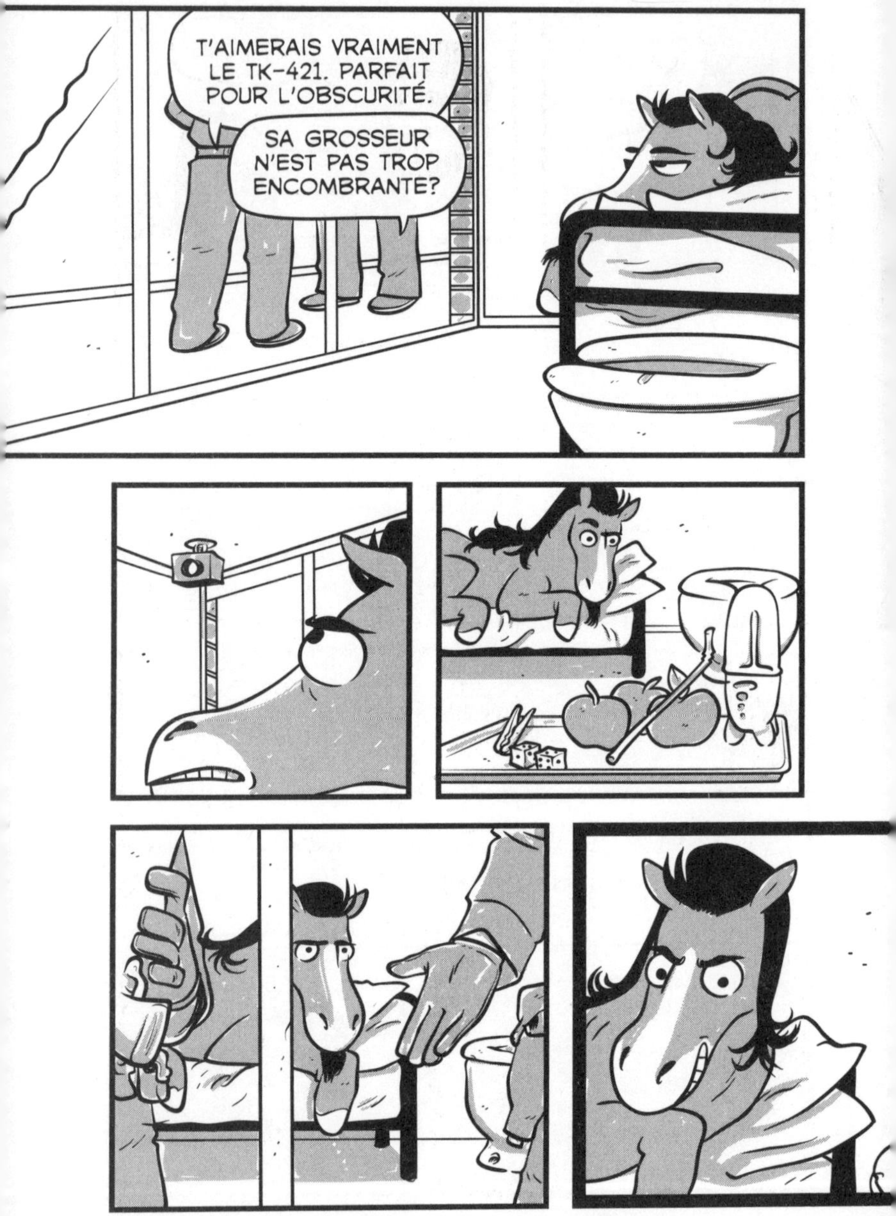
T'AIMERAIS VRAIMENT LE TK-421. PARFAIT POUR L'OBSCURITÉ.
SA GROSSEUR N'EST PAS TROP ENCOMBRANTE?

ÇA VA?
STUDIO YOGA LOTUS DORÉ
OUI, OUI.
JE PENSAIS QUE VENIR ICI, CE SOIR, M'AIDERAIT UN PEU À ÉVACUER UNE PARTIE DU STRESS...
TU PEUX TOUT ME DIRE, TU SAIS.
EN FAIT, JE... TU PEUX GARDER UN SECRET?
BIEN SÛR!
JE SAIS OÙ SE TROUVE ROCK!
VRAIMENT? COMMENT...?
JACKSON. IL EST UN PEU PIRATE INFORMATIQUE À SES HEURES...

TU AS PRÉVENU LES AUTORITÉS?
TU SONGES PAS À FAIRE UNE CONNERIE LÀ, NON?
LAISSE LA POLICE S'EN OCCUPER!
T'INQUIÈTE. JE SAIS CE QUE JE FAIS.
SOIS PRUDENT.
JE NE VOUDRAIS PAS QU'IL T'ARRIVE QUELQUE CHOSE.

TCHHH
ON PEUT Y ALLER?
ENCORE UN PEU DE PATIENCE.
BIM
BAM
C'EST BON! ON DOIT Y ALLER RAPIDEMENT!

EILLE? VOS CAGOULES!
GROUILLE, LÉONARDO!
JE FAIS MON POSSIBLE, DONATELLO!
ILS ONT BEL ET BIEN DÉCIDÉ DE SE JETER DANS LA GUEULE DU LOUP!
FEU VERT POUR INTERVENIR?
OUI, AVEC EXTRÊME PRÉCAUTION!

BOUM!
BIP

WOAH!
TOP SECRET
ARMY INTEL 0906753
DO NOT OPEN!
430430
NE PAS
OUVRIR

EXCELLENT TRAVAIL, HEINEKEN. MON COMMANDITAIRE SERA RAVI DE L'AVANCEMENT DU PROJET.
X-13 N'EST QUE LA PREMIÈRE ÉTAPE! PLUS RIEN NE PEUT NOUS ARRÊTER!
UNE CENTAINE DE MÈTRES ENCORE ET...
... ENSUITE, VOUS PRENDREZ SUR LA GAUCHE.

QU'EST-CE QU'ON FAIT?
TOUJOURS PRÉVOIR L'IMPRÉVISIBLE!
EUH...
SÉRIEUX?
BAFS
SBOF
ON FAIT QUOI MAINTENANT?
J'AI UNE IDÉE!

TOUT VA BIEN?
OUI. J'AI DÛ NEUTRALISER DE LA VISITE.
VOUS PRÉTENDREZ M'AVOIR SURPRIS À RÔDER À L'EXTÉRIEUR ET...
... OUI, MAIS POURQUOI DEUX SCIENTIFIQUES T'INTERCEPTERAIENT?
ÇA NE FONCTIONNERA PAS! FAUDRAIT DES UNIFORMES DE GARDES DE SÉCURITÉ!
EUH... JE RÉFLÉCHIS.
GANG? C'EST UNE ALARME!
VITE! FAUT BOUGER!
J'AI UN MAUVAIS PRESSENTIMENT!
DRRIIIIINNGG!

QUELQUES INSTANTS PLUS TÔT...
MERDE!
DRIING!!
QUELQUES INSTANTS ENCORE PLUS TÔT...
NOTE DE L'ÉDITEUR: ADEPTE DE MACGYVER, ROCK PEUT ORCHESTRER, TOUT COMME LE PROTAGONISTE DE LA SÉRIE, DIFFÉRENTES ÉVASIONS À PARTIR D'OBJETS ANODINS. PAR RESPECT POUR LES SCÉNARISTES DE L'ÉMISSION, NOUS NE RÉVÉLERONS PAS L'ASTUCE DERRIÈRE CELLE-CI.

DRRIIIIINNGG!
QU'EST-CE QUE...
C'EST LE SECTEUR Q!
AGRANDISSEMENT CAM Q-9!
IL S'EST ÉCHAPPÉ!
Q9
QUOI? MAIS IL FAUT LE RATTRAPER!
C'EST LE MOMENT PROPICE POUR LE TESTER.
DRAGO?
LA CIBLE EST EN MOUVEMENT.
VA!

FAITES GAFFE!
IL Y A DU MOUVEMENT DANS VOTRE DIRECTION!
IL SE DIRIGE VERS LE SECTEUR NORD-EST.
ARMES EN MODE NEUTRALISATION.
ATTENDEZ!

*SUR FOND DE MUSIQUE DRAMATIQUE.

ROCK?
C'EST TOI?

ZAP
BLAM!
WOAH!
SÉRIEUX?
DES LASERS!?!

TOUT DOUX...
ON SE CALME...
ROCK?
CONTENT
DE TE...

ALLÔ?
JE N'ENTENDS PLUS RIEN! LE CONTACT SEMBLE COUPÉ.
VOUS ME RECEVEZ?
ALLEZ, DRAGO!
MONTRE-LUI QUI EST LE PLUS FORT!
ALLÔ? ALLÔ?
J'ARRIVE!
JE SENS QUE JE VAIS LE REGRETTER.

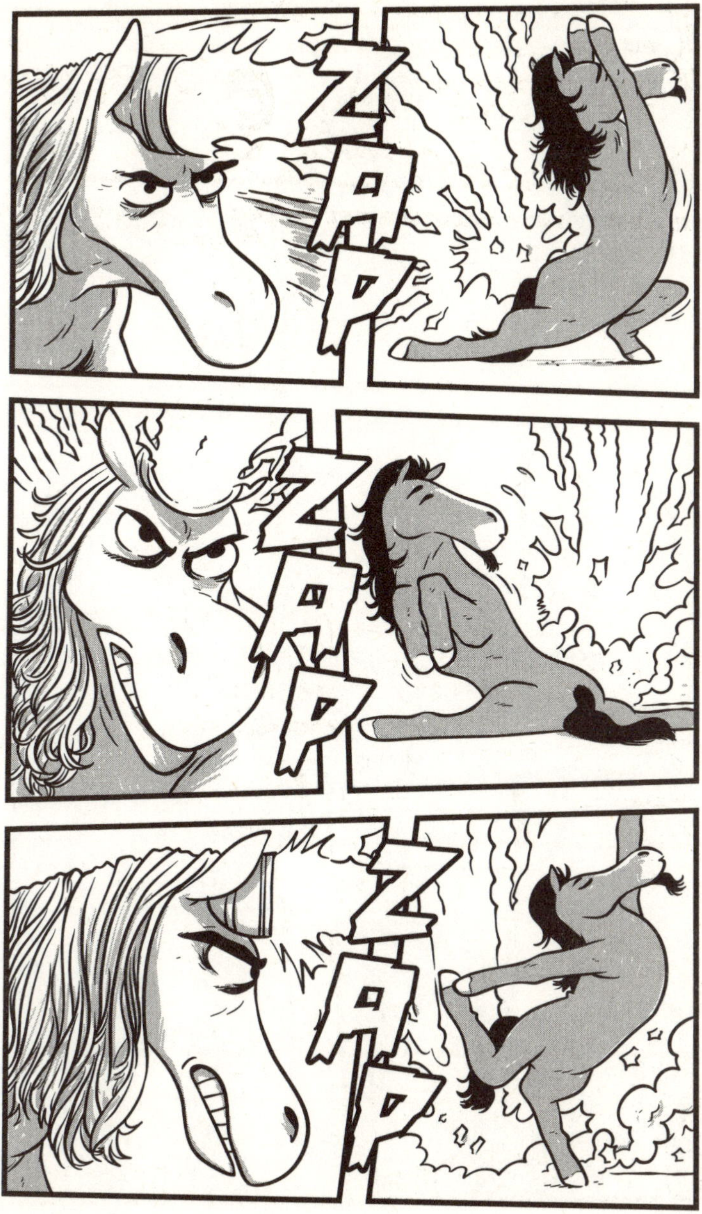
ZAP
ZAP
ZAP

BAF
ZAP
BOOM
DRAGO! NON!
ON DOIT QUITTER LES LIEUX AVANT DE SE FAIRE PRENDRE!
ÉVACUER?
TU SURESTIMES LEURS CHANCES.
IGOR, TU ME REÇOIS?
IGOR?

IGOR?
C'EST URGENT!
TU DOIS ALLER...
PSSCHIII...
IL FAUT SE RENDRE AU LABO!
VOUS ÊTES FOU!
C'EST TROP DANGEREUX!
CECI L'ARRÊTERA!

TENEZ BON! J'ARRIVE!
MARIE-PIER!
ÇA VA ALLER... PLUS DE PEUR QUE DE MAL.
LES AUTRES?
MON DOIGT!
À L'AIDE! JE SUIS COINCÉ...
JE M'EN OCCUPE.

QU'EST-CE QUI S'EST PASSÉ?
BOOM
VITE! IL FAUT SORTIR D'ICI!
LES ANIMAUX!
YIP
YIP
YIP
DIX ANS DE RECHERCHES QUI PARTENT EN FUMÉE.
YIP YIP
YIP
YIP
YIP
YIP
YIP

VOUS ALLEZ ME LE PAYER!
WOW!
QUEL LANCER, FRÉROT!
SBAF
TIK
TAK

NOOON!
Splatch!!
BEURK...
DÉPÊCHONS-NOUS AVANT QUE TOUT EXPLOSE!

BIEN JOUÉ, STEEL!
BOOUUMM!
DÉFENSE D'ENTRER

ICI KARINA AUMAIS EN REMPLACEMENT DE MARIO LESSARD. TOUTE L'ÉQUIPE LUI SOUHAITE UN PROMPT RÉTABLISSEMENT.
VOUS POURREZ FAIRE QUELQUE CHOSE, DOCTEUR?
JE NE SAVAIS PAS QU'ON POUVAIT PLANTER UN MICRO DANS CETTE RÉGION...
L'EXPLOSION MYSTÉRIEUSE A DÉTRUIT UN BÂTIMENT QUI SEMBLAIT ABANDONNÉ DANS LE SECTEUR INDUSTRIEL...
... MAIS QUI, EN RÉALITÉ, CACHAIT UN LABORATOIRE D'EXPÉRIMENTATIONS SCIENTIFIQUES CLANDESTINES, LIÉ À LA CORPORATION DE BOISSONS ÉNERGISANTES BLAST.
LE PRÉSIDENT-DIRECTEUR GÉNÉRAL DE L'ENTREPRISE, M. P., VIENT D'ÊTRE INCULPÉ.
BON. PASSONS AU PLAN B. DONNE-MOI LE NUMÉRO DU SANGLIER ÉTRANGER À LA CHEVELURE DORÉE.

RÉVEILLE-TOI! C'EST IN-CROYABLE!
TU VIENS DE RECEVOIR UNE VRAIE DELOREAN DE LA PART DE SAMANTHA!
HA HA HA!
C'EST UNE BLAGUE. TU DEVRAIS VOIR TA TRONCHE!
TRÈS DRÔLE.
T'AS TROP VEILLÉ APRÈS LE CONCERT, NON? LÈVE-TOI, PARESSEUX.
ÇA VA BIENTÔT ÊTRE L'HEURE.

DÉSOLÉ POUR TA BLESSURE.
DITES À M. SPIELBERG QUE NOUS N'ACCEPTERONS PAS DE CHANGER LES ARMES POUR DES WALKIES-TALKIES.
Z
LIL' BBQ
CE N'EST RIEN.
UN STUPIDE ACCIDENT DE YOGA.
COMMENT VA TA MAIN?
JE NE POURRAI PAS JOUER À ASSASSIN'S CREED AVANT QUELQUES SEMAINES, MAIS ÇA IRA.
MÊME SI C'ÉTAIT STUPIDE CE QUE VOUS AVEZ FAIT, JE SUIS FIÈRE DE TOI.

MERCI. MERCI D'ÊTRE VENUE.
JE N'AURAIS MANQUÉ ÇA POUR RIEN AU MONDE!
C'EST AINSI QUE NAÎT UN HÉROS...
... AVEC UN ACTE ALTRUISTE ET DE SACRIFICE ENVERS UN ÊTRE CHER.
LA JUSTICE RENDUE...
... LE GUERRIER MÉRITE SON REPOS.

DRaGO

Suivez-nous sur le Web

Consultez nos sites Internet et inscrivez-vous à l'infolettre pour rester informé en tout temps de nos publications et de nos concours en ligne. Et croisez aussi vos auteurs préférés et notre équipe sur nos blogues!

EDITIONS-HOMME.COM
EDITIONS-JOUR.COM
EDITIONS-PETITHOMME.COM
EDITIONS-LAGRIFFE.COM
RECTOVERSO-EDITEUR.COM
QUEBEC-LIVRES.COM
EDITIONS-LASEMAINE.COM

Imprimé chez Marquis Imprimeur inc.